Wie der Pleitegeier verschwand

Holm Schneider

Stachelbart-Verlag

Bibliografische Information der Deutschen Nationalbibliothek:
Die Deutsche Nationalbibliothek verzeichnet diese Publikation in
der Deutschen Nationalbibliografie; detaillierte bibliografische
Daten sind im Internet über http://dnb.d-nb.de abrufbar.

1. Auflage: Oktober 2012
© 2012 Stachelbart-Verlag, Erlangen
www.stachelbart-verlag.de
Alle Rechte vorbehalten

Kein Teil des Werkes darf in irgendeiner Form (durch Fotografie,
Mikrofilm oder andere Verfahren) ohne schriftliche Genehmigung
des Verlages reproduziert oder unter Verwendung elektronischer
Systeme verarbeitet, vervielfältigt oder verbreitet werden.
Fotografien: Daniel Jarosch und Holm Schneider
Cover und Buchgestaltung: Joachim Frenner, Innsbruck
Satz: Gutenberg Druck & Medien GmbH, Uttenreuth
Druck: CPI BUCHBÜCHER GmbH, Birkach
Printed in Germany
ISBN 978-3-9814210-7-1

Flo ist sauer, stocksauer – und Carolin weiß auch warum: Ein Bauzaun versperrt den Zugang zu seinem Unterschlupf in der OLEA, der alten Ölfabrik. „Die OLEA wird abgerissen", hat ihm ein Bauarbeiter erklärt.

Jetzt, am Samstagmorgen, dringt kein Donnern und Krachen mehr aus dem verlassenen Fabrikgelände. Im Vorderhaus an der Straße klafft ein breiter Riss. Die Kellerfensterscheibe, an die Carolin immer geklopft hat, wenn sie am Versteck ihres Freundes vorbeikam, ist zersprungen. Ziegelstaub bedeckt den Gehsteig.

Mit pochendem Herzen zwängt Carolin sich zwischen zwei Sperrholzwänden hindurch und erstarrt vor Entsetzen. Vom Hauptgebäude ist nur noch ein Trümmerhaufen übrig: Mauerbrocken, zersplitterte Balken, Glasscherben. Daneben, unter dem leeren Führerhaus des großen gelben Abbruchbaggers, sitzt Flo.

Und das mitten im Sommer. Wo soll Flo nun bleiben, wenn es heiß wird? Ratlos betrachtet Carolin den

Bagger, den die Männer übers Wochenende stehen gelassen haben. Könnte sie denen erklären, dass Flo eine seltene Krankheit hat und deshalb nicht schwitzen kann? Dass er sich hier im Keller vor der Sonne versteckt? Dass er einmal sogar fast am Hitzschlag gestorben wäre, weil er in der Mittagssonne gerannt war, um für einen Verunglückten Hilfe zu holen?

Doch die meisten Erwachsenen hören gar nicht richtig zu, wenn Carolin etwas erklären möchte, denn Carolin hat das Down-Syndrom. Deshalb fallen ihr manchmal nicht die passenden Worte ein, oder sie ist schwer zu verstehen, weil sie ein bisschen undeutlich spricht.

Soll sie es trotzdem versuchen? Gleich am Montagmorgen, bevor die Männer hier alles kaputtmachen?

Flo sitzt auf einem Mauerbrocken und starrt vor sich hin. Er scheint gar nicht bemerkt zu haben, dass Carolin gekommen ist.
„Bin traurig", sagt Carolin leise, „wie du."

Flo zieht die Nase hoch und murmelt etwas, von dem nur die Worte „Bagger" und „das Benzin ablassen" zu verstehen sind.

Carolin hockt sich hinter ihren Freund, aber sie traut sich nicht, ihm den Arm um die Schultern zu legen, weil er so grimmig dreinschaut. Sie beobachtet Flo voller Mitgefühl und legt dabei den Kopf schief. Das tut sie immer, wenn sie angestrengt nachdenkt.

Auf einmal strahlen ihre Augen und ein breites Lächeln zieht sich über ihr Gesicht, denn sie weiß, wie sie Flo helfen kann …
„Komm!", ruft sie. „Komm mit!"
Überrascht blickt der Junge sie an. „Wohin denn?"
„Gleich zeige dir."
Carolin springt auf.

Sie kennt nämlich noch ein anderes Haus, dessen Kellertür immer offen steht: das Haus der alten Frau Trawöger oben an der Ziegenweide. Wie gut, dass Carolin das eingefallen ist. Im Winter, als die Straßen vereist und spiegelglatt waren, hatte ihr Vater sie dorthin mitgenommen. Sie streuten Sand im Hof, damit Frau Trawöger sich nicht die Beine brach. Das ist schon lange her, doch seitdem ruft die alte Frau jedes Mal, wenn sie Carolin vorbeigehen sieht, die Kleine solle doch kurz warten. Dann schlurft sie die Treppe hinauf zu ihrer Wohnung und kommt mit einer Süßigkeit für Carolin zurück.

Ja, Frau Trawöger wird sicher nichts dagegen haben, wenn Flo die heißen Sommernachmittage in ihrem

Keller verbringt. Sie wird verstehen, dass Flo Carolins Freund ist – ihr bester Freund, auch wenn er anders aussieht als die meisten Kinder, weil er nur zwei eigene Zähne hat und sonst bloß Kunstzähne wie Carolins Oma.

Und es war so, wie Carolin gehofft hatte: Frau Trawöger hörte genau zu, als die Kinder ihr Anliegen vorbrachten. Ein kurzer, forschender Blick auf den Jungen genügte, dann erlaubte sie Flo, in ihrem Keller seinen neuen Unterschlupf einzurichten.
Das war gestern.

Heute ist Sonntag. Die Straße vor der OLEA und die Baustelle sind menschenleer. Flo hat gleich nach dem Frühstück die Lage gepeilt und beschlossen, noch einmal in den Keller der OLEA hinabzusteigen, um seine Habseligkeiten zu retten.

„Morgen ist es zu spät", erklärt er Carolin. „Dann sind die Bauarbeiter wieder da, und der Bagger schlägt alles kurz und klein."
Ahnungsvoll nickt Carolin. „Will mit."
Flo zögert. Was er vorhat, ist nicht ungefährlich.
„Kannst oben warten – zur Sicherheit, falls ich verschüttet werde."
Carolin schaut ihn mit großen Augen an. Das klingt, als würde sie gebraucht …
Sie trinkt noch einen Schluck Wasser vom Brunnen,

dann laufen die beiden die Holzgasse hinunter zur OLEA.

Der Zaun um die Baustelle ist kein echtes Hindernis, aber der dicke Balken, welcher den Eingang zum Vorderhaus versperrt … Der klemmt so fest, dass Flo anfängt zu fluchen. Er hebt eine Eisenstange auf, setzt sie als Hebel an und drückt sie mit aller Kraft gegen den Türrahmen. Der Balken bewegt sich keinen Zentimeter. Eher wird die Eisenstange krumm. Flo gibt auf. Er geht ein paar Schritte zurück, an der Mauer entlang. Dann bückt er sich und späht durch ein kaputtes Kellerfenster. Hier müsste er doch durchpassen.

Während die Kirchenglocken läuten, klopft er mit einem Stein die Glasreste aus dem Fensterrahmen. So hört niemand das Klirren – außer Carolin.
Flo wendet sich ihr zu. „Warte hier!", bestimmt er. „Ich bin gleich zurück."
Carolin gehorcht. Beklommen beobachtet sie, wie Flo durch das Fensterloch verschwindet. Ein dumpfes Geräusch, Schritte, die sich entfernen, dann Stille.

Carolins Blick bleibt an der alten Waage hängen, die halb von Mauertrümmern bedeckt ist. Was „verschüttet werden" bedeutet, das weiß sie ungefähr.

Im Keller beschleicht auch Flo ein mulmiges Gefühl. Die vertrauten Räume am Ende des Ganges wirken fremd und unheimlich. Der Boden ist voller Schutt, von der Decke hängt ein loser Eisenträger herab.

Gut, dass Carolin draußen wartet! Es wäre viel zu gefährlich für sie, hier unten herumzusteigen.

Flo füllt eine Kiste mit Kerzen, Streichholzschachteln und den Büchern, die er holen wollte, und macht sich damit auf den Rückweg.

Beim Klettern über ein zusammengebrochenes Holzregal stutzt er. Die kleine Eisentür an der Wand, dort, wo dieses wackelige Regal stand, die hat er noch nie wahrgenommen. Das sieht ja wie ein Geheimfach aus – wie ein Tresor! Sein Herz klopft plötzlich rascher. Gespannt mustert er die rissige Kellerwand. Dann rüttelt er an dem verrosteten Türchen, das unerwartet nachgibt. Ein Quietschen – und der Tresor steht offen.

Darin liegt ein länglicher, ziemlich schwerer Gegenstand, eingepackt in einen grauen Lappen, wie seine Mutter ihn zum Putzen verwendet.

Flo schluckt schwer. Gibt die OLEA in ihren letzten Stunden noch ein Geheimnis preis? Eins, das ihm, der hier im Sommer doch beinahe zu Hause war, verborgen geblieben ist?

Hastig entfernt der Junge die morschen Schnüre und wickelt den Lappen ab. Das ist ja ... Flo hält den

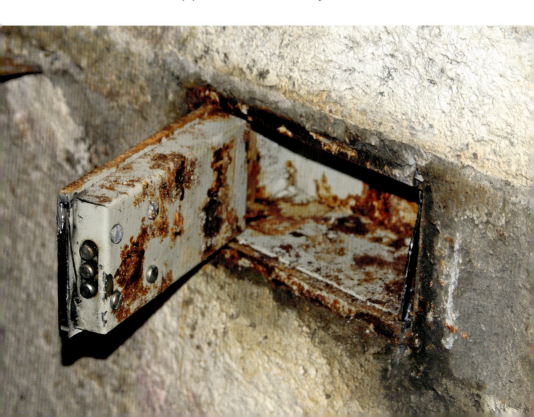

Atem an. … Gold. Ein Goldbarren! Ein Kilogramm echtes Gold, wenn die Aufschrift stimmt!

Die Gedanken des Jungen überschlagen sich: Wem gehört das Gold? Was mag ein ganzes Kilo davon wert sein? Wer weiß noch von diesem Tresor? Das OLEA-Gelände sei verkauft, hat sein Vater gesagt, an eine Firma, die hier Wohnhäuser bauen will. Und der Tresor ist sicher uralt. Hat der Besitzer ihn einfach vergessen? Oder lebt er vielleicht gar nicht mehr?

Mit zitternden Fingern befühlt Flo den Goldbarren. Wahrscheinlich müsste er ihn zur Polizei bringen und sagen: „Den habe ich im Keller der OLEA gefunden."
Zur Polizei? Nein! Das wird er nicht tun.

Entschlossen packt er das Gold wieder in den Putzlappen und knotet einen Rest der Schnur darum. Das Ganze passt gerade in seine Hosentasche.

Carolin fällt ein Stein vom Herzen, als Flo endlich seinen Kopf aus dem Fensterloch streckt, eine Kiste herausreicht und hinterherklettert.

„Kannst du schweigen?", fragt er.

Carolin legt den Kopf schief.

„Nein", antwortet sie wahrheitsgetreu.

Doch weil sie so erleichtert und froh darüber ist, dass ihr Freund nicht verschüttet wurde, wundert sie sich nicht länger über diese Frage. Und Flo beschließt, seinen Fund erst einmal in Sicherheit zu bringen und Carolin jetzt nichts davon zu verraten.

Sie laufen bergauf zum Haus der alten Frau Trawöger. Flo trägt die Kiste mit den Kerzen und Büchern, die seine ausgebeulte Hosentasche verdeckt. Vor der Tür zu seinem neuen Unterschlupf bleibt er stehen und hält Carolin zurück.

„Vielleicht gibt es Ratten hier. Soll ich nachschauen?"

„Ja", flüstert Carolin.

Sie verharrt auf der Treppe, bis Flo von drinnen ruft:

„Keine Ratte weit und breit. Kannst kommen!"

Er lässt sich nichts anmerken, doch seine Hosentasche ist leer.

Vier Wochen später ist von der OLEA nichts mehr zu sehen: keine Hauswand, keine Mauerbrocken, kein Keller. Die Bauarbeiter haben alles abtransportiert. Sie gießen schon neue Fundamente.

Niemand scheint den Goldbarren zu vermissen, von dem nur Flo weiß, wo er sich befindet.

Flo hat sich im Keller von Frau Trawöger seine Sommerzuflucht eingerichtet und Carolin kommt regelmäßig zu Besuch. Manchmal treffen sie Frau Trawöger im Garten. Die alte Frau ist freundlich zu ihnen, aber sie bringt keine Schokolade mehr. Carolin fallen ihre traurigen, müden Augen auf. Eines Abends setzt sie sich zu ihr auf die Treppenstufen vorm Haus und fragt: „Warum traurig?"
Frau Trawöger knetet ihre Finger. „Über meinem Haus kreist der Pleitegeier", sagt sie schließlich.
Unruhig schaut Carolin nach oben, doch da ist niemand zu sehen. Der Pleitegeier? Von diesem Vogel hat sie noch nie etwas gehört.
Auch Flo sperrt interessiert die Ohren auf.

Die alte Frau holt tief Luft, als wäre sie gerade einen steilen Hang heraufgestiegen. Stockend und mit gesenktem Kopf beginnt sie zu erzählen:
„Dieses Haus ist das Elternhaus von meinem Mann. Wir haben es geerbt und wir waren sehr glücklich hier. Doch zu viel Glück macht dumm. Nun soll ich ausziehen und das Haus verkaufen, denn die Herren von der Bank werden es sonst zwangsversteigern."

Flo wird stocksteif vor Schreck.

„Das Geld war bei uns immer schon knapp. Trotzdem haben wir ein schönes Bad einbauen lassen und eine neue Küche gekauft. Und als dann das Dach neu gedeckt werden musste, fehlte uns das Geld dafür. Wir haben's uns von der Bank geliehen. Ich dachte, das sei kein Problem. Mein Mann hatte seine Arbeit und war sicher, dass wir nach ein paar Jahren alles zurückzahlen können. Doch dann starb er plötzlich, und das, was ich an Rente erhalte, reicht nicht, um die Schulden zu begleichen."

„Wer schuld?", stammelt Carolin verwirrt.
Frau Trawöger schüttelt den Kopf. „Schulden sagt man zu dem Geld, das der Bank gehört. Das ist immer mehr geworden, wegen der Zinsen."
„Wie gemein von dieser Zinsen", denkt sich Carolin.
„Jemand, der Geld verleiht, will meistens mehr zurück, als er gegeben hat. Jede Bank macht das so. Davon werden die Gehälter der Angestellten bezahlt."
„Wie viel will die Bank denn?", fragt Flo halblaut.
„Inzwischen so viel, wie mein ganzes Haus wert ist. Deshalb soll ich es verkaufen."

Das also steckte hinter dem merkwürdigen Satz vom Pleitegeier ... Flo ist klar, was das für ihn bedeutet: Er muss sich einen neuen Unterschlupf suchen. Frau Trawöger wohl auch. Und Carolin hat jetzt sicher Angst vor einem scheußlichen Vogel, den es eigentlich gar nicht gibt. Hin- und hergerissen von eigener Betroffenheit und Mitgefühl stößt Flo nur hervor: „Verdammt!"

Soll er den beiden sein Geheimnis verraten? Oder selber zur Bank gehen und fragen, wie viel der Goldbarren wert ist? Aber würden die ihm glauben, dass er das Gold in der OLEA gefunden hat? Und wenn nicht, was dann? Dumm, dass er keinen Zeugen dafür hat, nicht einmal Carolin. Und der Tresor ist mit den Trümmern verschwunden … Würde man ihn für einen Dieb halten? Ihm das Gold wegnehmen? Hätte er es seinen Eltern zeigen sollen? Oder doch gleich der Polizei? Was hat er sich damit an Problemen aufgeladen! Mann, oh Mann!

„Ich habe gehofft, dass ich in meinem Haus bleiben darf, auch wenn ich nur einen Teil der Zinsen zahlen kann", fährt Frau Trawöger fort. „Doch die Bank will ihr Geld. Die wollen nicht warten, bis ich gestorben bin, weil meine Schulden immer größer werden."

„Vielleicht gibt's ja noch einen Ausweg", murmelt Flo mit ungewohnt rauer Stimme und leicht verzweifeltem Gesicht. Frau Trawöger wiegt den Kopf hin und her. „Vielleicht … Aber da müsste der Herrgott schon ein Wunder schenken."

Carolin, die ahnt, dass Wunder etwas Seltenes sind, ist aufgestanden. Sie geht auf der Wiese umher und denkt an ihre Sparbüchse daheim.

„Geld holen", schlägt sie vor.

„So ein Haus kostet viel mehr Geld, als wir beide zusammen haben", entgegnet Flo.

„Alles holen!", beharrt Carolin.

„Ich hab noch eine andere Idee", sagt Flo, „aber das muss ich allein machen."

Jetzt am Abend ist die Bank natürlich geschlossen. Morgen ist ein Feiertag, mitten in der Woche, mitten im heißen August – seine Eltern wollen mit ihm nach Natters fahren, an einen Badesee im Schatten alter Bäume. Doch spätestens übermorgen wird er den Wert des Goldbarrens herausfinden!

Auf dem Weg nach Hause treffen sie auf Carolins Mutter, die Blumenschmuck für die Messe zu Mariä Himmelfahrt in die Kirche gebracht hat.

„Servus", verabschiedet sich der Junge.

„Servus", ruft Carolin, und dann erzählt sie ihrer Mutter alles, was ihr Herz bedrückt.

Am nächsten Abend bringt Carolin einen Brief von ihren Eltern zu Frau Trawöger, zusammen mit ihrer Sparbüchse.

Gerührt drückt die alte Frau das Kind an sich, umarmt und streichelt es und wischt sich ein paar Tränen von den Augen.

„Weißt du eigentlich, dass ich dich schon länger kenne, als du auf der Welt bist?", fragt sie.
„Nein", antwortet Carolin erstaunt.
„Ich war Hebamme, habe Frauen bei der Geburt ihrer Kinder geholfen. Auch deiner Mama. Damals, als du noch in ihrem Bauch warst, hab ich auf dein Herzklopfen gehört. Und ich war dabei, als sie dich geboren hat."
Reglos vor Spannung und mit offenem Mund lauscht Carolin.

„Das war ein schöner Beruf. Für mich der schönste überhaupt. Einer, den es schon immer gab – solange, wie Frauen Kinder bekommen. Viel Geld verdient hab ich nicht, das musste mein Mann tun. Aber damals war Geld mir gar nicht wichtig."
Frau Trawöger beißt sich auf die Lippen. Dann lächelt sie und fragt: „Soll ich dir ein paar Fotos zeigen?"
Carolin nickt.

✳ ✳ ✳

Mit dem Donnerstagmorgen kehrt der Alltag in das Dorf am Stadtrand zurück. Der Feiertag ist vorüber, die Geschäfte haben wieder geöffnet. Gleich nach dem Frühstück macht Flo sich auf den Weg zur Bank. Den Goldbarren hat er nicht dabei, denn den will er sich auf keinen Fall wegnehmen lassen. Bevor er irgendeinem Erwachsenen sein Geheimnis verrät, muss er alle wichtigen Informationen beisammenhaben.

Flo hat sich ein paar unverfängliche Fragen zurechtgelegt, doch als er die Schalterhalle betritt, verlässt ihn auf einmal sein ganzer Mut. Dort steht Frau Wallner, seine Deutschlehrerin, und neugierige Lehrerinnen können den besten Plan verderben …
Noch hat sie den Jungen nicht bemerkt. Ein grauhaariger Herr mit schwarzem Hemd und bunter Krawatte reicht ihr gerade Zettel zum Ausfüllen. Nein, das ist kein guter Zeitpunkt jetzt. Lieber warten, bis Frau Wallner die Bank verlassen hat. Flo dreht sich um und verschwindet unerkannt nach draußen.

Im Schatten hinter dem Bankgebäude überlegt er: Wäre es nicht gescheiter, sich im Internet zu informieren, wo keiner ihn kennt und ausfragen könnte? In dem kleinen Internetcafé am Hauptplatz vielleicht? Dort würde ihm niemand in die Quere kommen.

Das Internetcafé ist fast leer. Ein junger Mann in kurzen Hosen, mit dunklen Bartstoppeln im Gesicht, schaltet Flo den Computer an und hält die Hand auf. „Ohne Geld koa Musi", sagt er. Flo kramt zwei Geldstücke aus seiner Hosentasche, dann taucht er ab in die Weiten des Internets.

❋ ❋ ❋

Unterdessen steigt Carolin die Treppe im Haus von Frau Trawöger hinab. Sie öffnet die Kellertür und wundert sich, dass Flo noch nicht da ist. Bestimmt wird er gleich kommen … Sie geht ein bisschen im Keller umher, betrachtet die Blumentöpfe, die sich zwischen Werkzeug und rostigen Nägeln in den Regalen türmen, entdeckt den alten Kronleuchter

in der Ecke. Auf dem Regalbrett darüber steht eine braune Ledertasche. Das ist doch die, die sie gestern auf den Fotos gesehen hat – die Hebammentasche von Frau Trawöger! Neugierig zieht Carolin die Tasche hervor. Es dauert eine Weile, bis es ihr gelingt, den Verschluss zu öffnen, doch dann staunt sie nicht schlecht: Ein Hörrohr ist das nicht. Wozu wird eine

Hebamme etwas brauchen, das so golden funkelt?
Das muss sie Frau Trawöger unbedingt fragen.

„Herr im Himmel!", ruft die alte Frau, deren Augen immer größer werden. „Was ist das denn?"
Fassungslos starrt sie auf den Goldbarren in Carolins Hand.

Carolin ist verwirrt. Die gleiche Frage hatte sie doch selbst gerade stellen wollen …

Frau Trawöger schaut das Mädchen plötzlich streng und forschend an. „Wo hast du das her?"

„Aus'm Keller", antwortet Carolin und zeigt auf die Hebammentasche: „Da drin."

Das verschlägt der alten Frau endgültig die Sprache. Blass vor Erregung läuft sie durchs Zimmer. Sie schüttelt ungläubig den Kopf, bleibt bei dem Goldbarren stehen, streicht immer wieder mit den Fingerspitzen darüber und wiegt ihn dann in der Hand. Schließlich bittet sie Carolin, ihr zu zeigen, wo im Keller die Tasche stand.

„Weißt du, was du da gefunden hast?"

Carolin hat keine Ahnung. Aber sie merkt, dass Frau Trawöger sich freut.

„Ein Goldbarren in meinem Haus!", juchzt die alte Frau. „Das müssen wir der Bank erzählen!" Und schon ist sie an der Tür.

Mit hellem Lachen erfasst Carolin ihre Hand und hüpft neben Frau Trawöger die Straße hinunter.

Auf dem Weg zur Bank versuchen beide, wieder Ordnung in ihre Gedanken zu bringen.

„Vielleicht hat mein Mann damals doch Vorsorge getroffen, aber nichts davon gesagt", grübelt Frau Trawöger. „Wenn ich nur wüsste, warum das Gold ausgerechnet in dieser alten Hebammentasche versteckt war …"

„Wenn Mama erfährt, was Frau Trawöger so froh macht, verschenkt sie bestimmt auch ihre goldenen Ohrringe", denkt Carolin. Dass ihre Eltern alles tun würden, um zu helfen, das stand ja in dem Brief gestern. Und überhaupt ist Carolin voller Zuversicht: „Zusammen mit meiner Sparbüchse wird's schon reichen."

Herr Klocker von der Bank kratzt sich nachdenklich am Kinn, als Frau Trawöger vom Goldfund in ihrem Keller berichtet. „Wie viel Gramm sagen Sie? Und ‚Feingold' steht drauf? Das müssen wir prüfen."

Während die alte Frau ein Formular ausfüllt, mustert er Carolin aufmerksam – mit einem erstaunten Lächeln. Dann beugt er sich zu ihr und schenkt ihr eine ganze Handvoll Luftballons.

Eine halbe Stunde später kommt Herr Klocker mit fremden Leuten zu Frau Trawöger ins Haus, um sich das Gold zeigen zu lassen. Sie wollen noch einmal ganz genau wissen, wo Carolin es entdeckt hat. Ein Herr mit einem schwarzen Aktenkoffer tippt Zahlen in seinen Computer und stellt fest, dass der Goldbarren mindestens siebzig Jahre alt und seine Herkunft nicht mehr zu klären sei. „Also gehört er der Eigentümerin des Hauses, in dem er gefunden wurde", entscheidet er und wendet sich zu Frau Trawöger. „Damit können Sie den größten Teil Ihrer Schulden bezahlen."

Herr Klocker gratuliert Frau Trawöger. Dann klopft er Carolin anerkennend auf die Schulter. „Auf und davon ist der Pleitegeier. Du hast ihn verjagt."

Die große blonde Frau neben ihm klatscht Beifall. Carolin strahlt vor Freude.

Nur Frau Trawöger schüttelt noch einmal den Kopf und sagt: „Womit hab ich so viel Glück verdient?" Die blonde Frau lacht. „Also wenn Sie mich fragen, ist der Hebammenberuf Gold wert – und nicht nur eine kleine Rente."

Als Flo endlich auftaucht, ist im Treppenhaus laute Radiomusik zu hören, und in der Küche tanzt Frau Trawöger mit Carolin einen Wiener Walzer.

Es dauert ein paar Minuten, bis Flo begreift, was geschehen ist.

Am Ende der Schulferien blühen vorm Haus von Frau Trawöger noch immer viele Blumen.

„Dort wollte der Pleitegeier landen. Aber die alte Hebamme kennt irgendein Kraut dagegen. Plötzlich war er weg, und jetzt kreist er irgendwo im Stubaital", sagt Bauer Franz.

Und was Bauer Franz sagt, spricht sich rasch herum. Weil jedoch kaum jemand in Mühlau den Pleitegeier je zu Gesicht bekommen hat, gibt es viele, die neugierige Fragen stellen. Frau Trawöger nimmt's gelassen.

Jedem, der fragt, erklärt sie schmunzelnd: „Ein Engel war's, ein blonder Engel – der hat den Pleitegeier vertrieben." Manche Erwachsene schütteln dann verdutzt die Köpfe und denken: „Die alte Trawöger hat nicht mehr alle Tassen im Schrank."

Denen, die es genauer wissen wollen, verrät Frau Trawöger mit fröhlicher Miene: „Der Herrgott hat mir Carolin geschickt. Diesen Engel auf Erden. Dieses Goldkind. Kein Wunder, dass sie den Schatz in meinem Keller entdeckt hat."

Außer Flo weiß niemand, dass das nur die halbe Wahrheit ist. Den Herrgott mal ausgenommen.

Aber Flo kann schweigen.

Holm Schneider

wurde 1969 in Leipzig geboren und lebt mit seiner Frau und vier Kindern in Erlangen. Als Kinderarzt und Professor am Universitätsklinikum Erlangen befasst er sich seit vielen Jahren mit angeborenen Krankheiten und setzt sich für Kinder ein, die anders aussehen als die meisten. Er ist ehrenamtlich in einem Sportverein für Menschen mit Down-Syndrom tätig und leitet den medizinischen Beirat der Selbsthilfegruppe Ektodermale Dysplasie. Auf längeren Bahnreisen schreibt er Sachbücher und Geschichten für Kinder.

Außerdem von Holm Schneider im Stachelbart-Verlag erschienen:

"Gehst du mit mir Pilze suchen?" (2011, zusammen mit S. und J. Stanek)
ISBN 978-3-98142100-2
"Warum Vampire nicht gern rennen." (2011; 2. Auflage 2012)
ISBN 978-3-98142101-9